ÉLÉGANT MOBILIER

Beaux Bijoux

TABLEAUX ANCIENS & MODERNES

CONDITIONS DE LA VENTE

Elle sera faite au comptant.

Les acquéreurs payeront *dix pour cent* en sus des enchères.

L'exposition mettant le public à même de se rendre compte de l'état et de la nature des objets, il ne sera admis aucune réclamation une fois l'adjudication prononcée.

Paris. — Imp. Georges Petit, 12, rue Godot-de-Mauroi. — 16684-06.

CATALOGUE

D'UN

ÉLÉGANT MOBILIER

Importante Salle à manger en bois noir incrusté de cuivre et d'étain

Belle Chambre à coucher de style Louis XVI, en bois de rose,
ornée de bronzes et de plaques en porcelaine décorée

Meubles de Salons garnis en soie
Cabinet de toilette de style chinois — Sièges variés

Piano à queue d'ÉRARD, Piano droit de PLEYEL

MEUBLES ANCIENS & DE STYLE

BRONZES D'ART & D'AMEUBLEMENT

FERS FORGÉS — MARBRES

Porcelaines, Faïences, Objets de vitrine, Dentelles

BEAUX BIJOUX

Devant de corsage, Collier de chien, Broches, Bagues, etc.
ENRICHIS DE PERLES, ÉMERAUDES & BRILLANTS

TABLEAUX ANCIENS & MODERNES
Aquarelles, Pastels, Dessins, Gravures

Tapisseries — Tentures — Étoffes — Tapis

LE TOUT APPARTENANT A

Madame MARION DE LORME

ET DONT LA VENTE AURA LIEU

HOTEL DROUOT, SALLE N° 1

Les Mercredi 6 et Jeudi 7 Juin 1906
à 2 heures 1/2

COMMISSAIRE-PRISEUR

Mᵉ LAIR-DUBREUIL, 6, rue de Hanovre.

EXPERTS

Pour les Bijoux :	*Pour les Objets d'art :*
M. A. REINACH	**M. R. DUPLAN**
17, rue Drouot, 17	10, rue Rossini, 10

Chez lesquels se distribue le présent Catalogue.

EXPOSITION PUBLIQUE
Le Mardi 5 Juin 1906, de 2 heures à 6 heures

BIJOUX

1 — Riche devant de corsage formé de
branches de gui entrelacées, enrichi de
vingt et une perles blanches et noires ;
feuilles pavées de brillants et de roses.

2 — Joli collier de chien, composé de
quinze rangs de perles fines comprenant
1.290 perles et entrecoupés de quatre
barrettes ornées chacune d'un brillant et
de roses.

3 — Belle broche formée d'une perle
blanche au milieu d'un entrelacs pavé de
brillants, avec pendeloque grosse perle
grise.

4 — Jolie broche, forme de fleurs de lys,
entièrement pavée de brillants.

5 — Broche en or, formée d'un camée, en-
touré de roses.

6 — TRÈS BELLE BAGUE composée d'une émeraude rectangulaire, entourée de douze brillants, et deux petits brillants sur le corps.

7 — BAGUE ornée d'un très beau brillant, le corps serti de petits rubis.

8 — BAGUE fil or, enrichie d'une émeraude cabochon.

9 — BAGUE en or, forme serpent, ornée d'une pierre rouge.

10 — BRACELET souple, orné de cinq brillants et de six rubis, le corps composé de trente et un chatons sertis de petits brillants.

11 — BRACELET-GOURMETTE en or, enrichi d'une grosse perle et de quatre brillants.

12 — PORTE-OR, en or, décoré d'un trèfle à quatre feuilles en rubis, saphir, émeraude, brillant et roses.

13 — MONTRE de dame en or, à remontoir, boîtier émaillé vert, serti de roses. *Henry Capt, Genève.*

14 — CHAINE forçat en or, avec cinq pendants supports en or.

15 — Chaine de gilet, en or, enrichie de
huit petites perles fines, avec breloque
en or figurant une tête de cheval et formant porte-mine.

16 — Petite bourse cotte de mailles en or,
avec fermoir articulé.

MOBILIER

MEUBLES — SIÈGES

17 — IMPORTANTE SALLE A MANGER en bois noir incrusté de cuivre et d'étain, composé d'un grand buffet à deux corps, le haut à quatre vantaux ; d'un dressoir surmonté d'une glace dans un cadre à colonnes de même travail ; d'une table marquetée et incrustée et de douze chaises couvertes en maroquin rouge.

18 — IMPORTANT AMEUBLEMENT DE CHAMBRE A COUCHER, composé d'un lit à fronton, d'une armoire à glace à trois corps, et de deux tables de nuit en bois rose, ornée de bronzes dorés et de plaques en porcelaine décorée de Saint-Amand. Style Louis XVI.

19 — MEUBLE A HAUTEUR D'APPUI formant enveloppe de coffre-fort, en bois de rose orné de bronzes dorés. Dessus en marbre brèche. Style Louis XVI.

20 — BUREAU A ABATTANT de forme cylin-
drique, en bois rose et marqueterie de
bois de couleur, orné de bronzes. Style
Louis XV.

21 — PETIT GUÉRIDON en mosaïque, à tablette
d'entrejambe en bois de rose et palissandre ; pieds en bronze doré. Style
Louis XVI.

22 — BELLE ARMOIRE à trois vantaux, celui
du milieu à glace extérieure, les deux
autres à glace intérieure. Panneaux in-
crustés de scènes à personnages en laque,
ivoire et nacre. Fronton surmonté d'un
dragon en bois doré. Travail de la maison
Daï-Nippon.

23 — TOILETTE-LAVABO à deux cuvettes, de
même travail, panneaux à sujets en laque
d'or. Marbre brèche. Travail de la maison
Daï-Nippon.

24 — TABLE A COIFFER à étagère, de même
style que les meubles précédents, ornée
d'applications de nacre, d'ivoire et d'ornements en relief et bronze. Dessus en
marbre brèche. Provenant de la maison
Daï-Nippon.

25 — PETITE TABLE ÉTAGÈRE de même style
que les meubles précédents.

26 — DEUX CHAISES garnies de satin de Chine
brodé. De même style et de même pro-
venance que les meubles précédents.

27 — PETITE COMMODE demi-lune, en marqueterie de bois à losanges et damiers,
ornée de frises, chutes à têtes de béliers,
pieds à griffes, poignées, serrures, et
galerie ajourée, en bronze ciselé et
doré. Dessus en marbre brèche. Style
Louis XVI.

28 — VITRINE de forme mi-circulaire, en bois
sculpté et doré. Style Louis XVI.

29 — PIANO A QUEUE d'Érard, en palissandre.

30 — PIANO DROIT en noyer rechampi d'or
de Pleyel.

31 — SECRÉTAIRE en marqueterie de bois
rose et palissandre, dessus en marbre
gris. Époque Louis XVI.

32 — COMMODE en marqueterie de bois rose
et palissandre, ornée de bronzes, ou-
vrant à cinq tiroirs. Dessus en marbre
gris. Époque Louis XVI.

33 — PETIT MEUBLE de salon, composé d'un
canapé et quatre chaises en bois doré,
couvert en étoffe brochée à bandes. Bois
d'époque Louis XVI.

34 — MEUBLE DE SALON composé d'un canapé,
d'une bergère et quatre fauteuils en bois
doré, recouvert en étoffe de soie brochée
à fleurs et guirlandes. Bois Louis XVI.

35 — BERGÈRE ET FAUTEUIL Empire, en bois
doré, dossier à bateau, accotoirs à colon-
nettes, garnie en soie brochée et lamée
d'or, de couleur lilas. Bois ancien.

36 — PETITE TABLE volante, à tablette d'entrejambe, en acajou orné de bronzes. Dessus en marbre brèche. Style Louis XVI.

37 — DEUX CONSOLES D'APPLIQUE en bois doré.
Style Louis XVI.

38 — TABOURET en bois sculpté et doré,
couvert en ancien damas de soie rouge.
Époque Louis XV.

39 — DEUX CHAISES VOLANTES en bois doré,
dossier à galerie de style Louis XVI,
garnies en velours.

40 — TABOURET DE PIANO en bois doré de
style Louis XV.

41 — PETIT TABOURET DE PIEDS de style
Louis XVI, garni en étoffe de soie brochée à fleurs.

42 — Une bergère et deux chaises en acajou, de l'époque 1er Empire. Garniture en étoffe de soie à rayure rouge et jaune.

43 — Six chaises en bois laqué blanc, foncées de canne. Style Louis XVI.

44 — Petit fauteuil bas en bois doré, garni en étoffe de soie brochée à fleurs, fond vieux rose. Style Louis XVI.

45 — Console en bois sculpté et doré, d'époque Louis XV. Dessus en marbre gris.

46 — Table a jeu en acajou, à filets de cuivre. Style Louis XVI.

47 — Table a jeu à quatre abattants triangulaires en marqueterie de bois à damiers, pieds tors ; ornée de bronzes ciselés et dorés. Style Louis XVI.

48 — Canapé de forme contournée en bois sculpté et doré, modèle à rinceaux et rocailles, de style Louis XV. Garniture en étoffe de soie brochée à fleurs. Provenant de la maison Henry frères.

49 — Chaise longue et fauteuil capitonné en taffetas bleu ciel, garnis de dentelles de Luxeuil.

50 — GLACE Louis XVI, cadre doré à fronton.

51 — PETIT MIROIR, cadre en bois sculpté.
Époque Louis XVI.

52 — PETIT TABOURET en bois sculpté, forme
de tortue.

53 — PORTE-MUSIQUE en noyer ciré à rehauts
d'or.

54 — TABLE à palissandre, à entrejambes.

55 — PETITE TOILETTE en acajou, avec glace.
Époque Louis XVI.

56 — PORTE-MANTEAU en bois laqué blanc et
foncé de canne.

57 — ARMOIRE à trois portes, à glace biseautée, peinte en blanc.

58 — TABLE A JEU en palissandre. Style
Louis XV.

59 — TABLE DE NUIT en bois sculpté et doré.

60 — VITRINE en noyer sculpté à rehauts
d'or.

61 — GRANDE BAIGNOIRE en tôle émaillée,
garnie en acajou. Chauffoir et accessoires
hydrothérapiques en cuivre nickelé. Provenant de la maison Porcher.

Bronzes d'Art & d'Ameublement

FERS FORGÉS — MARBRES

62 — Petit buste en marbre : Fillette voilée. Signé : *Bazzanti, Florence*. Socle en marbre vert.

63 — Grand buste en marbre : Bacchante, couronnée de pampres, les cheveux sur les épaules, un sein découvert. Signé de *Fernando Vichi*. Colonne torse en marbre vert de mer.

64 — Statue en marbre blanc, d'après l'antique : Vénus.

65 — Deux bustes de femmes en plâtre teinté et patiné.

66 — Groupe en bronze : Jupiter et Léda, par *Mathurin Moreau*. Socle tournant.

67 — Deux statuettes en bronze : Coq et Poule, d'après *Grévin et Baer*. Édition de Tassel.

68 — STATUE en bronze argenté : Après le
bain.

69 — STATUETTE en bronze de Martin : la
Femme acrobate.

70 — PETIT BRONZE annamite : Mandarin sur
un éléphant.

71 — PETITE STATUETTE en bronze, d'après
l'antique : Narcisse.

72 — PETITE STATUETTE en bronze : Don
Quichotte. Signé de *Lorrain*.

73 — GROUPE en bronze : chien et tortue.

74 — BELLE GARNITURE DE CHEMINÉE, composée d'une pendule-cage, à cariatides
d'homme et de femme, en bronze ciselé
et doré, ornés d'émaux cloisonnés et de
deux candélabres à cinq lumières, de
même travail.

75 — PAIRE DE CANDÉLABRES formés par des
groupes : berger et bergère en porcelaine, décorée sur des terrassements en
bronze doré d'où s'échappent des rinceaux porte-lumières. Style Louis XV.

76 — Garniture de cheminée, composée
d'une pendule et deux candélabres, de
style chinois, en bronze fumé et frotté,
et émail cloisonné ; décor sur les deux
faces.

77 — Paire de flambeaux en bronze japo-
nais, forme de lotus.

78 — Petite lampe antique en bronze.

79 — Lustre en bronze, à dix-huit lumières,
et paire d'appliques à quatre lumières,
modèle à nœuds de rubans et fleurs de
lys.

80 — Lustre à dix lumières, en fer forgé.

81 — Deux torchères d'applique à l'électricité. Modèle au carquois. Style Louis XVI.

82 — Petite lanterne en bronze doré, garnie
de feuillages en fer peint et de fleurettes
en porcelaine de Saxe. Disposée pour
l'électricité.

83 — Petit flambeau à deux lampes élec-
triques, en bronze ciselé et doré. Socle
en marbre blanc. Amours portant des
cornes d'abondance.

84 — Suspension à seize bougies, en bronze
nickelé, agencée pour l'électricité.

85 — Lampe de parquet en fer forgé.

86 — Suspension de billard de style oriental.
Disposée pour l'électricité.

87 — Petit lustre à six lumières, en bronze.
Décor à panier fleuri. Disposé pour l'électricité.

88 — Paire de chenets en bronze, modèle
à draperies et pommes de pin. Style
Louis XVI.

89 — Paire de chenets en bronze à galeries.
Style Louis XVI.

90 — Garde-feu forme éventail, en cuivre
verni.

TABLEAUX

Aquarelles — Pastels — Dessins

GRAVURES — LITHOGRAPHIES

Bedel

91 — *Trois paysages avec animaux.*

Aquarelles.

Bolly (D'après)

92 — *Les Conseils maternels. — L'Éva-*
nouissement.

Deux gravures.

Delavault

93 — *Paysage d'Écosse.*

Aquarelle.

Detaille (E.)

94 — *Les Grandes manœuvres. — Cam-*
pement en Tunisie.

Deux fac-similés rehaussés de couleurs et
signés par l'artiste de son monogramme.

École Française

(XVIIIe SIÈCLE)

95 — *Suzanne au bain. — David et Beth-
sabée.*

Deux aquarelles.

École Française

(XVIIIe SIÈCLE)

96 — *L'Oiseau chéri.*

École Française

(XVIIIe SIÈCLE)

97 — *Portrait de femme.*

Vue à mi-corps, vêtue d'une robe brochée
et drapée dans un manteau d'hermine.

Gempt

98 — *Cheval en liberté dans une prairie.*

Signé et daté : *1857.*

Helleu (D'après)

99 — *Femme accoudée.*

Pointe sèche.
Signée.

Hildebrand (C.)

100 — *Une fin de journée en Alsace.*

Léandre (C.)

101 — *Femme assise sur un divan s'appuyant sur des coussins.*
Pastel.

Lefèvre (E.)

102 — *Nature morte.*

Lejeune

103 — *La Sultane.*

Une jeune femme, vêtue de voiles de gaze, est étendue sur un divan.

Mols (Robert)

104 — *Paysage avec cours d'eau et écluse.*

Mignard (Genre de)

105 — *Portrait de jeune femme.*

Vue à mi-corps, tenant des fleurs de la main droite, vêtue d'une robe de satin blanc broché et drapée dans un manteau rouge doublé d'hermine.
Cadre en bois sculpté.

Rochard (D'après)

106 — *Portrait de Miss X****.

Estampe en couleurs.

Rops (F.)

107 — *Pages d'album*.

Eau-forte.

Thurner

108 — *Nature morte : le Retour du marché*.

Tournière (Genre de)

109 — *Portrait de jeune femme*.

Vue à mi-corps, vêtue d'une robe bleue échancrée sur la poîtrine.
Cadre-médaillon en bois sculpté.

110 à 112 — Dix pièces : gravures en noir ou rehaussées, dessins, etc., d'après *Baudouin, Saint-Aubin, Boucher, Hubert Robert*, etc.

113 à 116 — Tableaux, dessins, gravures, lithographies diverses non cataloguées.

Dentelles — Éventails

117 — MAGNIFIQUE OMBRELLE au point à l'aiguille, incrusté sur crêpe de Chine blanc, et décorée de sujets peints, signés de *M. Rodigue.* Le point à l'aiguille, ainsi que les scènes peintes, offrent des vues de l'ancien Paris et des épisodes du roman de V. Hugo, *Notre-Dame de Paris ;* tout autour, un large volant en point à l'aiguille.

La monture est en ivoire et nacre, le manche, sculpté et gravé à rehauts d'or, représente une femme en costume du moyen âge.

118 — TRÈS BEL ÉVENTAIL en nacre sculptée et ajourée, présentant des personnages en costume du moyen âge, au milieu d'ornements et de fleurettes à rehauts d'or. Feuille au point à l'aiguille, avec un sujet peint sur gaze, signé de *M. Rodigue,* et représentant *la Danse d'Esméralda.*

Ces deux pièces, d'un travail remarquable, forment parure et sont contenues dans un écrin en maroquin fraise écrasée.

119 — GRAND MIROIR de style Louis XV ;
cadre en argent repoussé et ciselé, décor
à rocailles, rinceaux et médaillons ;
glace biseautée.

120 — GRAND SURTOUT en métal argenté,
composé d'une jardinière et de deux
porte-fruits.

121 — GARNITURE DE BUREAU, composée d'une
écritoire et de deux bouts de table en
bronze ornés de fleurettes en porcelaine
de Saxe. Style Louis XV.

122 — DEUX CANDÉLABRES à deux lumières et
petits personnages en porcelaine d'Alle-
magne.

123 à 125 — SEPT GROUPES OU FIGURINES en
porcelaine de Saxe ou biscuit. (Sera
divisé.)

126 — PETITE PENDULE de chevet, en émail
décoré de peintures à petits personnages
sur fond d'or. Travail viennois.

127 — PETITE STATUETTE en ivoire sculpté.
Diane de Gabie.

128 — ÉVENTAIL à monture d'os gravé ;
feuille peinte à sujets de petits personnages. Époque de la Révolution.

129 à 131 — NEUF ÉVENTAILS en plumes d'autruche ou en dentelle, montures en écaille brune et blonde, nacre, etc. (Sera divisé.)

132 — QUATRE TASSES ET SOUCOUPES en ancienne porcelaine de Vienne.

133 à 135 — SEPT MINIATURES, portraits de femme.

136 à 139 — OBJETS DE VITRINE divers, non catalogués.

140 — GRAND BRULE-PARFUMS en faïence de Satzuma. Décor à personnages, couvercle et anses formés par des chiens de Fô.

141 — DEUX POTICHES en grès de la Chine. Décor à sujets guerriers sur fond craquelé.

142 — GRAND VASE en faïence de Gien, décor italien à personnages et médaillons. Anses formées par des dragons.

143 — PAIRE DE JARDINIÈRES en barbotine, pieds en bois noir.

144 — Paire de vases en porcelaine de
Vienne, fond bleu. Sujets à danses de
jeunes gens et jeunes filles sur fond
d'or.

145 — Deux colonnes en onyx d'Algérie,
ornées de bronzes.

LIVRES

---

146 — *Les Œillets de Kerlaz*, par André THEURIET. Édition originale. Exemplaire sur papier vergé numéroté.

147 — *Émaux et Camées*, par Th. GAUTIER. Exemplaire numéroté.

148 — *Denise*, par A. SCHOLL. Édition de luxe.

TAPISSERIES
TENTURES — ÉTOFFES — TAPIS

---

149 — Cantonnière en ancienne tapisserie
de Bruxelles, décor de personnages,
animaux, fleurs et fruits.

150 — Bandeau de cheminée en ancienne
tapisserie de la Renaissance. Sujet allé-
gorique à l'abondance, animaux, fleurs
et fruits.

151 — Ancien tapis d'Aubusson, décor à
fleurs dans des losanges, bordure à rinceaux ; fond vert, contre-fond rouge.

152 — Paire de rideaux en ancienne tapisserie d'Aubusson.

153-154 — Deux couvertures de piano en
soierie brochée à fleurs.

155 — Deux coussins en soie.

156 — Deux rideaux en voile brodé.

157 — TROIS BANDES en satin de Chine brodé.

158 — DÉCOR DE CIEL DE LIT, deux décors de fenêtres, deux portières, planche de cheminée en taffetas bleu ciel, ornés de dentelles de Luxeuil.

159 — TROIS DÉCORS DE FENÊTRE en étoffe de soie brochée et lamée, fond crème. Lambrequin à broderies appliquées sur fond blanc ; contrefonds en peluche verte. Galeries en bois sculpté et doré de style Louis XVI.

160 — GRAND TAPIS genre Smyrne à haute laine et décor rouge et bleu.

161 — GRANDE CARPETTE en tapis d'Orient.

162 — Sous ce numéro sera vendu un lot de tapis moquettes non catalogués.

163 — OBJETS DIVERS. Sous ce numéro, seront vendus les meubles courants et autres objets non mentionnés au catalogue.